언제나,
하쿠나 마타타

사진·글 | 샨링Shanling

언제나,
하쿠나 마타타

사진·글 | 샨링Shanling

알레고리

2015년 어느 추운 겨울날, 조그맣고 귀여운 고양이 형제를 만났다. 이들의 이름을 고민하다 「라이온 킹」의 티몬과 품바를 떠올렸다. 나는 고양이 형제가 언제나 '하쿠나 마타타'를 외치며 유쾌하고 행복하게 살기를 바라는 마음으로 이들에게 티몬과 품바라는 이름을 주었다.

티몬, 품바와 함께한 어느 날, 나는 문득 사랑하는 대상의 이름에 대해 생각했고 대학시절 가졌던 한 궁금증이 풀리기 시작했다.

나의 중국中國 모교에는 '미명호未名湖'라는 커다란 호수가 있다. 미명호는 일년 중 어떤 계절에도, 하루 중 어떤 시간에도 한결같은 아름다움을 보여주는 호수였다. 학교 안의 모든 사람 중에 이 호수를 사랑하지 않은 사람은 없었다. 이런 호수를 어째서 '이름을 붙이지 않은 호수'라 명명했는지 늘 의문이었다.

나는 티몬, 품바와 함께한 그 어느 날 의문에 대한 답을 찾았다. 열렬히 사랑하는 대상에 이름을 붙이는 건 어쩌면 불가능한 일임을 깨닫게 된 것이다. 우리가 누군가를 혹은 무언가를 사랑하기 시작한 순간, 이 세상에 존재하는 모든 아름다운 단어들은 그 대상의 이름이 된다. 나는 티몬과 품바를 무수히 많은 이름으로 불렀고, 내가 그들을 사랑하는 만큼 이름은 나날이 늘어갔다. 이제는 충분히 많다고 생각했던 아름다운 단어들도 부족하게만 느껴져, 그 어떤 단어로도 이들을 부를 수가 없다는 생각이 드는 것이다.

작은 고양이 티몬, 품바는 내게로 와서 수많은 이름으로 자라났다. 나도 이들에게 무한한 사랑을 받으며 예전보다 좀 더 나은 사람으로 성장하고 있다. 아마 나도 티몬과 품바에게는 차마 이름을 붙일 수 없는 단 한 사람일 것이다. 사랑은, 그렇다.

티몬 Timon

성격 키워드	나르시시즘, 소유욕, 청결
매력포인트	목소리, 다양한 애정표현
특기	달리기, 불시 공격
좋아하는 것	새로 산 장난감, 전기장판
싫어하는 것	외면당하는 것
특이사항	말이 많음, 아침에 붓는 얼굴

2015년 9월 7일, 같은 날 태어나 하루도 떨어져 본 적 없는 최고의 콤비
채워진 밥그릇과 따뜻한 햇살 그리고 서로가 곁에 있다면 행복하다

성격 키워드	느긋함, 털털함, 무방비
매력포인트	무던함, 몸개그
특기	점프, 공중회전, 드리블
좋아하는 것	박스, 캣타워 꼭대기
싫어하는 것	배고픔
특이사항	근육질 몸, 세수 잘 안 함

병원에 데려갈 땐 집사를 후려치고 싶다. 발톱 한 방이면 끝나지만 매번 참는 건 우리
결국 인간에게 관대함을 보여주는 것이 이기는 것이다

티몬과 품바
함께, 자라나다

티몬과 품바의 사랑법

티몬과 품바는 형제이지만 서로 참 다르다. 우리 집에서 함께 생활하기 전, 두 번 정도 이들을 보러갔었는데 그때도 둘의 모습은 무척 대조적이었다. 커다란 체구의 품바는 항상 다른 형제들과 어울려 놀고 있었고, 다소 작은 몸집의 티몬은 매번 혼자 시간을 보내고 있었다. 지금은 최강의 콤비 플레이를 자랑하는 이들이지만, 아마도 둘은 그때만 해도 단짝은 아니었던 것 같다.

아기 고양이 티몬과 품바는 우리 집이라는 낯선 곳에서의 생활을 시작하며 서로를 무척 의지했다. 당시 티몬은 늘 품바의 뒤에 반쯤 숨어있었고, 둘은 거의 항상 함께였다. 티몬은 품바가 곁에 없으면 큰소리로 울었는데 이는 바로 품바를 부르는 소리였다. 품바는 잠깐 자리를 비웠다가도 티몬이 부르면 부리나케 달려갔다. 아기 고양이 둘이 함께 커 가는 모습은 매 순간 반짝반짝 빛이 났다.

외모, 식성, 성격, 장난감 및 놀이 취향, 집사를 대하는 태도 등 모든 것이 다른 티몬과 품바의 개성은 커 가면서 더욱 뚜렷해졌다. 이렇게 다른 둘이 사람이었다면 분명 많은 순간 부딪혔을 것이다. 하지만 티몬과 품바는 상대의 다름을 있는 그대로 그저 받아들였다. 둘은 서로에게 '그 자체로 존재하는 고양이'인 것이다.

깔끔함을 좋아하는 티몬은 평소 세수를 잘 하지 않는 품바를 매일 꼼꼼하게 핥아준다. 비난하지도 이를 바꾸려 하지도 않고 그저 조용하게 이것도 자신의 할 일이라는 듯 기꺼이, 기쁘게. 품바는 어렸을 때부터 심기가 불편하면 큰 소리로 찡찡대는 티몬에게 늘 안정과 위안을 주는 존재다. 티몬은 흥이 많은 만큼 화도 많은데, 기분이 언짢으면 집안의 구석진 곳에서 시위하듯 울 때가 있다. 그럴 때면 품바는 티몬에게 살며시 다가간다. 무언가를 이야기하듯 얼굴을 맞대고 티몬을 핥아주면 티몬은 금세 평온을 되찾는다. 품바는 티몬의 묘생猫生에 청심환 같은 존재다.

각자의 다름을 인정하고, 상대를 자신의 기준에 맞게 바꾸려 하지 않는다. 그저 서로 모자란 부분을 조용히 채워준다. 나는 이런 티몬과 품바의 사랑법이 꼭 마음에 든다.

이름

티몬아,
품바야,

우리의 새 이름
마음에 들어

서로의 꼬리로도
한참을 신나게 논다

즐거운 시간을 보내는 데는
많은 것이 필요하지 않다

식사 시간

즐거운 식사 시간이었다
집사가 순간을 포착한다며,
연사 모드로 셔터를 누르기 전까지

인간,
너에게 '마징가 귀'를 날린다

그루밍

주말엔 세수도 안하는
게으른 집사야,

누가 갑자기 찾아와도
우리는 너처럼 당황하지 않아
어느 누굴 만나도
항상 자신감 있는 모습을 보여줄 준비가 되어있지

아,
수의사 선생님만 빼고

질풍노도의 시기

나는
누구

여긴
어디

공격의 기술 1 상대가 방심한 틈을 노려

회상

저는 지금
집사의 커피 향기를 맡으며

라디오에서 흘러나오는
사연을 듣고 있어요

꼭
제 얘기 같네요

그때 그 고양이도 저를
그리워하고 있을까요?

BGM '인형의 꿈'

그댄
먼 곳만 보네요
내가 바로 여기 있는데
조금만
고개를 돌려도
날 볼 수 있을 텐데

생각만 해도

누구나 한 명쯤
있지 않나요?

생각만 해도
이가 갈리는 사람

병신묘치丙申猫恥*

집사는 나와 품바를 데리고 동물병원에 갔다
둘 다 설사가 낫지 않는다고 했다
…
분변검사가 진행되었다
품바는 오열했고
나는 으르렁 소리를 내며 분노를 뿜어냈다

집에 와서 마음을 추스리고 있는데
수의사 선생님이 보낸 메시지가 왔다

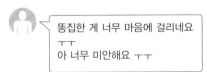

똥집한 게 너무 마음에 걸리네요
ㅜㅜ
아 너무 미안해요 ㅜㅜ

하, 우리가 고작 메시지 하나로
이 치욕을 잊을 거라 생각하면 큰 오산이다
나와 품바는 서로 아픈 똥꼬를 위로하며
오늘을 잊지 말자 다짐하였다

* 병신년에 동물병원에서 일어난 고양이의 치욕

정신승리법

집사는

우리를 굴욕적인 앵글로 담고 있는 것이 아니다

한껏 낮은 자세로

우리를 우러러 보고 있는 것이다

위기관리

나를 긴장시키는 집사의 한 마디

"티몬, 나 오늘 뭐 달라진 거 없어?"

이리 보고 저리 봐도
어제와 똑같은 집사인데

머리했나?
립스틱 샀나?
눈썹은 원래 저 모양이었나?
아무리 생각해도 모를 때
위기에 대처하는 나만의 방법이 있다

집사,
네가 매일매일 이렇게 예쁜데 내가 어떻게 알아~

내가 코에 침을 바르는 이유

이것 참,
오래 앉아 있었더니
발에 쥐가 나네

머리를 맞대면

우리가 머리를 맞대면

이 세상에

해결하지 못할 장난감이란 없다

복수

가끔 집사에게 혼이 날 때면,
나는 얼른 잠을 청한다

꿈속에서 집사는
나의 고양이

나는 함무라비 법전의 정신에 의거,
내가 받은 그대로
나의 고양이(=집사)에게 되돌려 준다

그래서인지
한숨 자고 일어나면
화가 스르르 풀려서
얼른 다시 집사에게 다가가는 나

내가 뒤끝 없다고 좋아하는 집사는
이런 비밀을 모르겠지

소심병

소심한 짓을 하던
소심한 집사에게 다가갔다가

옮았다
그래서 나는 오늘

괜히
품바와 집사의 말을
곱씹게 되고
내가 뭐 잘못한 거 없나
계속 생각하게 되고

피곤한 병에 걸렸다

온기

서로의 온기가 있어
더
포근해

마음이 내킬 땐

내가 잘 때면
집사는 그 모습이 예쁘다며 다가와
나를 성가시게 한다

게다가 가끔은
속삭이듯 내 이름까지 부른다

휴, 집사 얘 또 이러네

귀찮긴 하지만
나도 그런 집사의 모습이 싫지 않아
마음이 내킬 땐
실눈을 떠주고 야옹- 나지막이 대답을 하지

적선하는 셈 치고

거꾸로

거꾸로 거꾸로 생각해보면

미움도 사랑되고 웃음되지요

동요, '거꾸로 보는 세상' 중

각자의 입장

너는 고양이

나는 쥐돌이

너에겐 편안한 스크래처

나에겐 생사를 오가는 콜로세움Colosseum

생각하는 대로

잘 봐

지금 내가 있는 곳이
비록 박스 안일지라도,

내가 뜨거운 온천탕에 있다고 생각하면
그곳이 바로 온천탕이 되는 것이야

씻은 직후의 인간

나는 언제 보아도
눈곱 하나 붙어있지 않은
티몬이시다

내가 가장 좋아하는 인간은
씻은 직후의 인간

집사가 씻고 나오면
나는 욕실 앞에서
세상 반가운 모습으로 맞이하지
너무너무 신이 나서
노래를 부르고
집사에게 몸을 기대

그러니
나와 친해지고 싶으면
우선
깨끗하게 씻고 오도록 해

욕먹을 짓

물을 마시다 사레들린 집사는
기침을 하기 시작했어

한참을 기침하다 픽 쓰러지더군

나와 티몬은 순간 당황했지

티몬은 집사가 숨을 쉬나 계속 확인했고
나는 집사 주위를 뱅뱅 돌며 어쩔 줄을 몰랐어

그런데 갑자기

집사가 킥킥 웃으며 일어나더니
장난이라고 하대?

이 장면은 바로 그때
내가
야 이 망할 놈의 ^&*^*@#!@!@$야
라고
욕하는 모습이야

티격태격

하지만
뒤끝은 없다

그래비티Gravity

지금
나는
무중력 상태

잠에 취해 둥둥

끝없는 우주를
부유하고 있지

이런 나를
지구로 끌어당기는
유일한 것은

바로
집사의 캔 따는 소리

우리 집사의 일요일?
단 두 장의 사진으로
설명할 수 있어

A. 정신차리고 일어날 것처럼 하다가

B. 어느새 다시 자

집사의 일요일은

A와 B의 무한반복

개미

우리 집에 나타난
개미 한 마리

나에게 먼저 인사하고는
땅속에서 일어나는 재미있는 이야기를 해주었다

한참을 신나게 듣고 있는데
집사가 달려오더니

손바닥으로
바닥을
팍!

안녕,
작은 친구

오늘로 집사는
열 마리의 내 친구들을
하늘나라로 보냈다

두 배

함께 놀면
즐거움이 두 배

집사가

약을 주고, 발톱을 깎고, 양치를 시켜서
날 우울하게 해도

이런 내 마음 다 안다는 듯
조용히 다가와 달래 주는 너만 있으면
아무래도 괜찮아

달콤한

오후의 낮잠

그림

집사야,
나는 머릿속으로
그림을 그려

지금 나는
세탁소 비닐 안에 있지만,

그림 속의 나는
별이 가득한
밤하늘 한가운데에 있어

가끔은
자유롭게
그림을 그려봐

네가 그렸던 근사한 그림이
현실로 이루어지는 날이
올지도 모르니까

집사 관찰기

여자 인간, 30대
모두가 잠든 시간에
무언가 하는 걸 좋아하는 야행성
일할 때는 무척 꼼꼼해서 주위 사람들이 피곤하다
가끔 집사가 엄청나게 매운 음식을 먹고 있다면,
스트레스를 받아 캡사이신으로 자학하고 있는 상태이니
건드리지 않는 것이 현명하다
중성적인 것을 좋아하는 취향을 지녔다
개, 고양이, 집먼지 진드기 알레르기가 있다
오글거리는 것, 간지럼, 웃음 등을 못 참는다
아무리 피곤해도
밤샘 작업을 하고 있어도
우리의 밥, 간식, 놀이, 위생 등은 철저하게 챙긴다
완벽하지는 않지만
이 정도면 충직한 집사라 생각해서
계속 데리고 살 용의가 있다

그림자

세상 모든 것에는
그림자가 있다

나의 그림자
나의 어두운 부분

내 안의 어둠은
오히려 나를 밝혀 주는 존재

들여다보고
끌어안다 보면

어느새 나를
가장 나답게
빛나게 해준다

발바닥

말랑말랑한

젤리 속에는

날카로운 발톱도 있지만

집사와 놀 때

발톱은 잠시 쉬는 중

Chap 2

집사
사랑을 배우다

　사람을 성향별로 개 과科의 사람과 고양이 과科의 사람 두 부류로 나눈다면 나는 단연 고양이 과 사람이다. 나는 어린 시절부터 혼자 있는 공간과 그 안에서 보내는 시간을 가장 편안하고 안락하게 여겼다. 내게는 홀로 있다는 외로움보다는 거미줄 같은 인간관계와 사람 사이의 끈끈함이 더 두려운 존재였다. 그렇게 난 어느 곳에 있든지 '자기만의 방'이 꼭 필요한 사람이었다. 하지만 내가 까다로운 사람임을 편히 드러낼 수는 없었다. 늘 동그랗게 그려진 원 안에서 무난하게 살기 위해 부단한 노력을 했다. 고양이 과 인간인 내가 개 과 인간을 흉내 내며 고군분투하다 보니 그간 상당한 스트레스와 내적 갈등을 겪었다.

　그러던 어느 날 정신을 차려보니 나는 집사가 되어있었고, 티몬과 품바와 함께 살며 처음으로 온전히 있는 그대로의 자신을 받아들이는 나를 보았다. 고양이는 자신의 기분과 취향을 드러내는 것을 주저하지 않았다. 팔뚝보다 작은 아기고양이였던 티몬과 품바는 자신이 좋아하는 사료와 모래를 각자의 선호에 따라 골랐고, 상대방의 기분이나 요구에 맞추어 하는 행동 등은 절대 하지 않았다. 이들의 모든 선택은 100퍼센트 스스로의 마음에서 우러나온 것이었다. 내가 아무리 그들의 집사라고 주장한들, 티몬과 품바가 나를 집사로 인정하기 전까지는 그저 인간 김 아무개에 지나지 않는다. 눈을 깜빡이거나 얼굴을 비비며 하는 인사도, 골골송도, 꾹꾹이도 모두 이들에게 정식 집사로 채용되어야 주어지는 혜택들이다. 그래서 누가 그랬다. 고양이는 집사를 스스로 선택한다고. 티몬과 품바와의 동거 초기에 이들은 내가 집사가 될 만한 인간인지 꼼꼼하게 관찰했다. 보름 정도 지났을 무렵, 늘 품바의 뒤에서 나를 빤히 쳐다보던 티몬이 내게 처음으로 꾹꾹이를 하며 선포했다. 이제 너를 진정한 우리의 집사로 임명하노라.

내 삶 속에 고양이가 머물게 된 건 커다란 행운이었다. 티몬과 품바는 고양이 과 인간의 상처 받은 야생성을 부활시켜 주었다. 나는 내가 어떠한 사람이라고 드러내는 것을 더 이상 망설이지 않는다. 티몬과 품바가 보내는 신뢰와 사랑을 받으며 나 자신을 많이 아끼고 사랑하게 되었다. 한때 내 자신이 뭔가 하자 있는 인간이 아닐까 하고 심각하게 고민했던 시간과는 완전히 다르게 말이다.

결론은, 우리 집에 사는 고양이는 나까지 합해서 모두 3마리라는 것이다.

다른 듯 닮은

둘이
어쩜 이리 다를까
생각하다가도

똑같은 모습으로
자고 있는 너희를 보면,

그럼 그렇지
누가 봐도 귀여운 형제

위로

마음에 스크래치가 생긴 날이면

티몬, 품바는
어느새 내 곁으로 다가와
다 잘될 거라고 말해준다

언제나, 하쿠나 마타타

이 책을 펼친 지금, 이 순간의 당신에게도
그 위로가 전해지기를

서로를 채워주는 사이

처음 우리 집에 왔을 때,
겁이 많은 티몬은 항상 품바 뒤에 있었다
무던한 품바는 티몬에게 심리적 안정을 주는 존재

깔끔한 성격의 티몬은
평소 세수를 잘 하지 않는 품바를
꼼꼼하게 핥아주는 존재

품바는 티몬에게 용감해질 것을 강요하지 않고,
티몬도 품바에게 좀 더 청결해질 것을 요구하지 않는다

둘은 서로의 있는 그대로의 모습을 받아들이며,
상대방을 자기 취향에 맞게 바꾸려 하지 않는다
어제도, 오늘도
서로의 모자란 부분을 묵묵히 채워주는
하루를 보낸다

리액션

리액션이 풍부한 티몬은
나와 대화할 때 대답도 잘하고
눈이 마주치면 인사도 잘하고
밥을 주고, 물을 주고, 간식을 줄 때마다
특유의 목소리로 흥을 마음껏 표출한다

내 곁에서 사라지고 나서야 알았다
내가 준 사랑이 참 모자랐다는 것을

점보의 죽음이 내게 가르쳐 준 것은

사랑하는 이들과의 이별은 모두 슬프지만
피할 수 없다는 것,

그 이별 앞에서 내가
조금이라도 눈물을 덜 쏟기 위해서는
후회 없이 사랑하고
그 사랑을 상대에게 표현할 수 있을 때
마음껏 표현해야 한다는 것이었다

예전에 누군가 나에게 '알심'이 있다고 했다
겉보기와는 달리 속에 야무진 힘이 들었다는 그 말은
몸집이 작고 마른 나에게 큰 위로가 되었다
'야무지다'라는 말을 듣는 사람이 된 건
그 말 한마디 덕분이다

품바에 비하면 한참 작은 티몬
나는 많은 순간 티몬을 보며
예전의 나를 떠올렸던 것 같다

티몬,
괜찮아
좀 작아도
약한 건 아니야
다 잘할 수 있어

성묘가 된 티몬은 여전히 품바보다 작지만,
야무지고 똘똘한 고양이로 자랐다

모든 게 신기하고
재미있는 아기 고양이

인생에 대한 호기심을 잃으면
영혼에 주름살이 생긴다고

품바와
맥아더 장군이 말했다

햇빛 샤워

거실 창가에 따뜻한 빛이 쏟아질 때면

한참 동안 햇빛으로 샤워를 하고

기분 좋게 잠을 청한다

편애

신(神)도 고양이를 편애하지 않았을까

이렇게
아름답고 사랑스럽게 만들어진 데는
조물주의 사심이 담겨 있지 않을까

고양이의 눈

영롱하게 빛이 나는 고양이의 눈은
무언가를 꿰뚫어 보는 듯 신비로워서

나는 그 시선 앞에
거짓말을
하지 못한다

매일 보는 풍경

품바는 창밖을 보는 걸 좋아한다

매일 보는 풍경이
아파트 숲뿐이라서,
왠지 미안한 마음이 들었는데

내가 보는 풍경도
별반 다르지 않으니
스스로도 불쌍해

어떤 하루

언젠가부터
하루를 마무리할 땐
티몬, 품바에게 묻게 된다

오늘은 너희에게 어떤 하루였는지

너희가 살아가는
매일매일이

최고로 행복한 하루가 되기를 바라며

자세

이런 자세로
자는 너희들을 보면
내심 기뻐

이 공간이 그만큼 너희들에게
편하고 안락하다는 거니까

레슬링

싸우는 거 아닙니다 스포츠입니다

세상에서 가장 재미있는 고양이 레슬링 관전

성장과 함께 구사하는 기술도 늘어난다

기지개

고양이는 기지개를 자주 켠다
몸도 기분도 금세 개운해지는
아주 간단한 방법

하품

내가 하품을 하자
티몬도 따라서 하품을 한다

웃으며 급히 셔터를 누르는
나를 보며
품바는 어리둥절

팔베개의 현실

그 무엇보다

로맨틱하지만

5분을 넘기지 못한다

삼 일三日

이 집의 모든 장난감은
삼 일을 못 간다는
슬픈 전설이 있어

취향

집사 노릇

쉽지 않습니다

모시는 두 분의

음식 취향이 달라서

파악하는데

고생 좀 했습니다

선악善惡공

이것이 바로
한 입 먹으면

집사가
선한지 악한지
알 수 있다는
그 공

제가 한번 먹어보겠습니다

코골이

처음엔 이게 무슨 소리인가 했는데
알고 보니 둘 다 코를 골며 잔다

코 고는 고양이를 처음 본 날

고양이 집사 경험치 +1 축적되었습니다

놀이

내가 고양이와 놀아주는 것인지,
고양이가 나와 놀아주는 것인지

이것이 바로

락 스피릿

무아無我

지경之境

고뇌

저런 표정과 자세는
묘하게 나를 긴장시켜서

내가 뭐 잘못한 게 없는지
자꾸만 돌아보게 만든다

가끔 품바는 득도한 표정을 지을 때가 있다
마치 해탈의 경지에 오른 듯 오묘하고 인자한 표정

품바님,
어리석은 집사에게 귀한 말씀 한마디 부탁드립니다

흠, 내가 아주 중요한 말을 해주지
이 말을 들으면 걱정이 사라질랑말랑 해

걱정을 해서
걱정이 없어지면
걱정이 없겠네

득도

사기꾼,
그거 티베트 속담이야!

…쿨쿨

사건 개요

2016년 3월 2일 오전 1시 24분
옥수동에 사는 티몬 씨는 품바 씨가
자신이 있던 캣타워 꼭대기를 노린다 생각하여
선빵을 날림

품바 씨가 '그냥 아무 생각 없이 위를 보았을 뿐'이라고 설명했지만,

티몬 씨는 레슬링을 시작함

티몬 씨가 먼저 품바 씨에게 헤드록을 걸었고,

품바 씨는 빠져나가며 뒷발로 저항하였음

레슬링을 관전하던 집사 김 씨는 티몬 씨의 눈이 다칠까 걱정했지만

품바 씨가 발톱을 세우지 않은 것을 발견하고 안심함

이후 집사 김 씨는 품바 씨에게 폭풍 칭찬을 선물하였음

고양이가 좋아하는 박스

그중에서 가장 좋아하는 건
몸에 꼭 맞는 박스

작은 박스에 몸을 넣고는

마치 넓은 세상 속에서

딱 맞는 자기만의 자리를 찾은 듯

만족스러운 표정으로 나를 바라본다

낮잠 바이러스

늦은 오후의 햇살 아래
자고 있는 너희들을 보고 있으면

어느새 나도
잠이 솔솔

의지

고양이와 함께 지내며 놀라웠던 건
의지가 매우 강한 동물이라는 것

웬만해선 쉽게 포기하지 않는다

그들의
목표 달성에 대한 집념과 집중력,
그리고 뛰어난 문제 해결 능력 앞에

나는
한낱 작심삼일형 인간

아저씨

어쩌죠,

이제는 간혹
품바의 얼굴에서
아저씨가 보입니다

혼자만의 비밀

품바가 지난밤
로또라도 당첨된 걸까?
기쁨을 감추지 않는다

소리가 담긴 사진

나지막하게
골골송을 부르며 자는 티몬

그 모습이 얼마나 사랑스러웠는지

사진을 볼 때마다
내 귓가에 그릉그릉 소리가 들린다

잠투정

티몬은 할 말이 많은 고양이
다양한 목소리와 말투로
열심히 말을 건넨다

처음엔 너무 어렵게 느껴져서
고양이 말 번역기가 있었으면 했는데,
이제는 찰떡같이 알아듣는 노련한 집사가 되었다

앗
이것은 잠투정

내가 부드럽게 쓰다듬으면,
티몬은 스르르 잠이 든다

파파라치

미안, 인정해

가끔은 나도 내가
파파라치 같은 걸

보는 사람만큼이나

행복한

품바의 얼굴

보는 사람만큼이나

행복한

티몬의 얼굴

담아두기

너희들의 모습을
함께하는 시간들을

사진 속에도
마음속에도

열심히 담아둔다

잠

분명 신나게 놀고 있었는데,
누가 최면을 건 것처럼
갑자기 잠에 빠진다

툭하면 잠을 못 이루는 나에게
가장 부러운 너의 능력

선물

쇼핑백과 박스

고양이가 가장
좋아하는 선물

우다다

한참의 우다다 후
잠시 찾아온 평화

고양이와 함께 산다면
우다다는 하루에도 몇 번이고
당신을 덮칠 수 있다

시도 때도 없이 시작되는 게 우다다라지만,
일하고 있을 때 맞닥뜨리면
조금
울고 싶어진다

만약 어느 날
우다다 속에서도
정신을 잃지 않고
일에 완벽히 집중하고 있는 나를 발견한다면

그날이 바로 내가
열반에 이른 날

상상해 본다

품바가
사람으로 태어난다면 어떤 사람일까

체격이 좋고 드리블 기술이 화려하니
축구선수가 잘 어울릴 것 같고,
얼굴도 잘생기고 성격도 좋아서
인기도 많을 것 같다

…

품바가 사람으로 태어나면
날 안 만나겠구나

상상 2

상상해 본다

이 장면이
'깃털 나중에 잡는 고양이가
화장실 청소하기'
내기였으면

좋겠다고

상상 3

상상해 본다

슈퍼맨 자세로 잠든 티몬은
사실 잠을 자는 게 아니다

반려동물 유기와 학대가 만연한
이 사회에서
나쁜 놈들을 응징하기 위해
정말 슈퍼맨으로 일하고 있는 중이다

버려지고, 학대당하는 동물이
더 이상 없는
세상이 오기를

a big big cat in a big big world 01, 02, 03, 04

상상 4

상상해 본다

품바는 어느 날

집사 몰래

공진단을 먹고

거묘巨猫가 되어

넓은 세상을

자유롭게 누빈다

공진단을 먹으며 상상해 본다

본모습

~~내가 나를 드러내기 보다~~
그때그때의 환경과 시간 속에 나를 맞춘 건
본인의 잣대로 나를 판단하는 어른들 때문이었다

"너는 왜 그렇게 유별나니?"
"너는 너무 예민해"

이런 말을 들을 때면
마치 내가 하자 있는 사람처럼 느껴졌고
나는 스스로를 온전히 사랑할 수 없었다

·

나는 지구상에 유일무이한 나인데
왜 나의 타고난 특성이
'특별한' 것이 아니고 '유별난' 것인지
'섬세한' 것이 아니고 '예민한' 것인지
그럼 내가 바뀌기 전에는
나 자체로 사랑받을 수는 없는 것인지
늘 의문이 자리 잡고 있었다

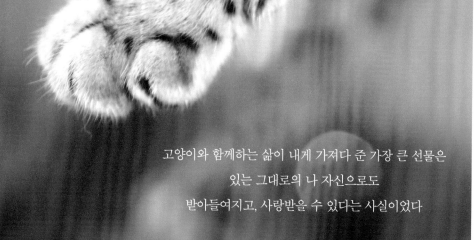

고양이와 함께하는 삶이 내게 가져다 준 가장 큰 선물은
있는 그대로의 나 자신으로도
받아들여지고, 사랑받을 수 있다는 사실이었다

나는
예전보다 나를 훨씬 더 많이
사랑할 수 있게 되었다

언제나,

하쿠나 마타타

2015년 5월의 마지막 날이었다.

나는 지나가다 우연히 유리창 너머에 있는 한 아기 고양이와 눈이 마주쳤다. 덩치 큰 고양이들이 텃새를 부려 늘 혼자 구석에 있다고 했다. 잔뜩 움츠린 모습이었다. 계획에 없는 일을 하는 것을 무척 싫어하던 나였는데, 그날 저녁 나는 점보와 함께 집으로 돌아왔다. 그리고 점보가 내 곁에 머물렀던 시간은 6개월 남짓, 생일도 한 번 맞지 못한 채 떠났다. 반려동물, 특히 고양이를 처음 키워보는 나는 점보에게 여러모로 무척이나 서툰 집사였고, 이에 대한 미안함과 죄책감은 나를 두고두고 괴롭혔다.

유난히 체구가 작은 점보였지만, 눈빛은 사자처럼 당당했다. 생애 마지막 2주 정도의 시간 동안 병원에서 투병생활을 하면서도 매 순간 너무도 의연했고, 씩씩했다. 떠나던 날의 기억은 지금까지도 생생하게 남아있다. 의식을 완전히 잃기 전 점보가 내게 눈인사를 보낸 것도, 아직 온기가 남아있는 점보를 안고 있고 싶었는데 한 젊은 수의사가 닦아서 주겠다며 휙 데려간 것도. 나는 아직도 그 수의사에 대한 원망의 마음을 떨쳐내지 못한다.

　내 삶의 풍경 속에 고양이가 들어오면서부터 난 정말 다른 사람이 되었다. 다소 계산적이고 이기적이었던 나에게는 희생이나 양보의 마음이 거의 없었다. 또 청소년기부터 타국에서 혼자 지내며 여러 만남과 이별을 반복하다 보니 사무적인 태도가 몸에 배었다. 나의 관심과 보살핌을 필요로 하는, 한없이 약한 존재인 줄 알았던 아기 고양이는 오히려 나를 변화시키고 성장시키는 거대한 존재였다. 내가 책임감을 가지고 돌보아야 할 대상이면서도, 내가 누구보다 많이 의지할 수 있었던 믿음직한 친구. 그런 점보를 떠나보내는 건 무척 힘들었다.

　티몬과 품바를 만난 건, 점보를 닮은 고양이를 찾아다녔기 때문이다. 어디에서도 내 눈은 점보와 비슷한 고양이를 쫓고 있었다. 티몬과 품바와 생활하며 고양이에 대해 많은 공부를 했고, 그제야 깨달았다. 내가 그들을 데려온 것이 한편으로는 얼마나 잔인한 방식이었는지를.

　나는 확인 차 점보를 만난 곳의 직원에게 점보가 어디에서 왔는지 물었다. 어느 고양이 공장에서 태어나 경매장을 거쳐 사방이 유리로 된 곳에 갇혀 있다 내게로 온 아기 고양이. 나는 어미와 일찍 떨어져 그 과정들을 겪었을 점보를 떠올렸고, 그런 산업에 내가 일조(?)했다고 생각하니 마음이 너무나 무거웠다. 브리더를 통해 만난 티몬과 품바에게도 죄책감이 든 건 반려동물 산업에 대해 조금 더 알게 되고 난 후였다. 지금의 나는 반려동물을 사고파는 행위로 인해 수많은 동물들이 고통 받는다는 사실을 안다. 그리고 그 과정에서 사람들이 반려동물과 함께하는 삶을 얼마나 쉽게 결정하고, 또 얼마나 무책임하게 그들을 유기하는 지도. 나의 무지했던 과거가 부끄럽지만 이를 고백하는 이유는, 아직도 많은 사람들이 예전의 나처럼 동물을 판매하는 행위의 이면에 존재하는 비윤리성에 대해 잘 모르기 때문이다.

사랑스러운 반려동물과 함께하는 첫 시작이 '구입'이 아닌, '입양'이 되는 문화가 정착되었으면 좋겠다. 동물도 소중한 생명으로서 그 삶과 권리를 마땅히 존중받아야 한다. 사람들에게 버려지고, 학대당하는 동물이 없는 세상이 오기를 간절히 바란다.

Timon & Pumbaa Photo Diary

언제나, 하쿠나 마타타

2017년 6월 1일 1판 1쇄 박음
2017년 6월 12일 1판 1쇄 펴냄

지은이 샨링
펴낸이 김철종 박정욱
책임편집 김성은
디자인 이찬미
마케팅 오영일
인쇄제작 정민문화사

펴낸곳 알레고리
출판등록 1983년 9월 30일 제1 - 128호
주소 110 - 310 서울시 종로구 삼일대로 453(경운동) KAFFE빌딩 2층
전화번호 02)701 - 6911 팩스번호 02)701 - 4449
전자우편 haneon@haneon.com 홈페이지 www.haneon.com

ISBN 978-89-5596-796-8 03810

이 도서의 국립중앙도서관 출판예정도서목록(CIP)은 서지정보유통지원시스템 홈페이지(http://seoji.nl.go.kr)와 국가자료공동목록시스템(http://www.nl.go.kr/kolisnet)에서 이용하실 수 있습니다.(CIP제어번호: CIP2017012325)